KB083055

옥수수밭 옆집

시와소금 시인선 · 037

옥수수밭 옆집

이숙희 시집

시와소금

  중학교 일학년, 내 짝은 수업을 마치고 운동장 벤치에 앉아 이학년, 삼학년 언니를 기다려 함께 하교를 하곤 했다.

  그들끼리 뭉치고 행동했던 기억이 나의 이십 대, 이웃과 사회에 눈 돌리게 되는 『시례8반』을 낳게 했다.

  소외된 이웃, 사랑과 이별은 바로 시로 연결되어 항상 함께였다.

  시가 슬프고 아름다울 때였다.

  그 후 가정이 생겼고, 나의 시에는 적극적인 내 삶이 표현되기 시작했고 쓰고는 버려지는 기억되지 않는 시가 되었다.

  특별한 아들과 똑똑한 아들, 성인(聖人)같은 남편과의 생활이 적나라하게 드러나는 나의 시가 부끄럽기도 했지만 이것 밖에 쓸 수 없는 나의 삶이 가져다 주는 한계에 부딪혀 쓰고는 버리는 일을 반복했다.

  그런데 나의 시를 다시 주워 품에 안겨준 남편 시인 김종원, 바쁜 중에도 마다하지 않고 해설을 써준 안성길 시인, 시와 소금 모두 감사 합니다.

  앞으로 삶을 능가하는 시를 쓰겠습니다.

| 차례 |

| 시인의 말 |

제1부 혼자 하는 말

제2부 겨울, 산당 앞에서

제3부 정임이

제4부 마당에 욕심을 버리다

■ **발문 | 김종원**
함께 걸어온 길 어언 30년 _ 128

■ **시집해설 | 안성길**(시인 · 문학박사)
수수하고 질박한 아카시아 꽃 같은 육체의 언어 _ 131

제 **1** 부

혼자 하는 말

추측

선사시대 돌칠판에는 고래가 살고 있다

우주 공간은 물 천지, 비행기처럼
헤엄쳐 다니는 무리 속에 거미줄에
걸려 말라가고 있는 백일홍 꽃잎을
발견한 가을 고래 한 마리
저기,
뿔달린 짐승의 털은 단청같이 곱고
주둥이를 앞세우고 돌진하는 맷돼지
순간을 놓치지 않는 살벌한 침묵의
호랑이
숨을 가다듬고 유영을 시작할 그때
꽃잎을 쥐고 놓아주지 않는 거미줄
햇빛처럼 쫘악 퍼져 덮쳐 오는
거미줄
지금, 가을 고래는 숨죽이고 있다

단속사터의 저녁

리어카에 거름을 실어내고 있는 아내여
당신도 저 탑을 끌어안고
당신 설움에 겨워 울어 볼 여유가 있었는가
당신이 일으켜 세워 겨우 나와 앉은 마루 끝에
봄기운도 차갑게만 느껴져
한 손을 연신 주무르고 있으면
당신은 머리 수건을 풀어
옷을 툭툭 털며 방안으로 들어가
약봉지를 꺼내 오겠지
뒤곁에 서 있는 매화나무에
내 목숨의 접붙이기를 끊임없이 시도하는 당신은
마당 앞에 나란히 당간지주를 바라보고 있는
금술 좋은 탑으로 백년해로하기를 바라지만
빈 절터에 기둥 낮게 세워
뼈마디 녹아나게 일하던 좋은 시절은
그래도 다 누리고 가는 것 같구료
밭고랑 따라 봄 씨앗을 뿌리고 돌아오는 아내여

내일 아침은 동쪽 탑에서 서쪽 탑으로
천천히 나를 걸어보게 해 주오
내 탑 속으로 들어 갈 때
단속사터 낮은 지붕 위에
살아 있는 술거를 보여 주리라

그래도… 괜찮다

고향집에 들러 상추를 뽑는데
내 처지를 아는
아랫집 아제가
아이들은 잘 크제?
몸 건강하면 된다
걱정할 것 없다
팔십 나이에 농사를 지으며
아들 손자 다투고
등 돌리고 외면하며 살아가는
온갖 꼴 다 보고도
내게 걱정할 것 없다고
위안을 주는 아제
삶은 끊임없는
다독거림의 연속이다

내 동생

버스 정류장에 남자아이가
리어카 손잡이에 걸터앉아 있다
문방구 주인이 손을 잡고
머리를 쓰다듬자 버스가 들어오고
아버지가 어머니를 업고 내리신다
골수염을 앓고 있는 어머니를 태우고
난간도 없는 다리를 지나
아버지는 어머니를 업고 집으로 들어가신다
곁에 따르던 동생이 얼른 껌을 까서
어머니 입에 넣어 주며
단물 나오게 씹어, 꼭꼭 씹어…

열 살 동생의 슬픈 추억이다

담양에서 순창으로

당신은 사람의 몸체만한 나무들이
생이별이 주는 막막함의 거리만큼
끝없이 이어지는
담양에서 순창으로 가는 가로수 길을 보셨나요
가끔은 홀로이고 싶어 하는 당신을
한 인간으로 이곳에 놓아 드립니다
풀을 밟고 서서 담배 한 개피로
새마을이나 솔담배의 향수에 젖어 들면
기름을 발라 두드린 듯한 논둑으로
바람은 장난삼아 무논에 파문을 일으키며
가장 아름다운 들판을 보여 주겠지요
당신도 준비하십시오
강 하류의 모래더미처럼 의미 없는 지층을
이루고 살기에는
참아 내고 있는 일상의 무게가
너무 무겁습니다
세상의 시인들이 나무의 자리에 줄지어 서서

하늘을 덮고 빛을 걸러 내고 있는
저 숭고한 길로
당신도 보내 드리고 싶습니다

땅끝에서

　우리 땅이 눈물 나게 아름다운 건 그리워할 곳이 있기 때문이다 너의 땀이 떨어져 1세기 후에야 파도에 휩쓸릴 것 같은여기 하얀 전망대가 땅 끝이라지만 비바람을 무서워하지 말고손을 높이 들어보렴 저 백두산 천지에서 손나팔로 힘껏 너를부르는 소리가 들려 온 몸에 맑은 피가 흐르게 될 것이다 지금은너를 키우는 일이 수평선에 가 닿을 만큼 아득해 보이지만, 우리땅 첫머리에서, 우리 쪽을 마주보는 사람의 수평선 보다야 그아득함이 짧을 것이다 사람이 한없이 너그러워지는 건 모든것의 끝에서가 아니라 아픈 곳이 있기 때문이다

탱자나무

스스로 내어 줄 것도 없지만
이것마저 가져가 버리면
죽음 밖에 올 것이 없어
과수원 울타리로
탱자나무를 심었네

여름, 가을, 겨울이 지나면
너에게 방어만 있는 것이 아니다

불타지 않으면 풀릴 것 같지 않은
뒤엉킴 속에
팝콘을 튀겨 내고 있는 봄날

그 속에 몸을 숨기면
지구 반쪽이 뚝 떨어져도
시침 뗄 수 있는
능청스런 평화도 있다

연가

그대 앞에 서면
온 몸이 비치는
거울 앞에 선 기분이다

세상 누구에게도 없을 듯한 비밀
홀로
가꾸며 사는 고독이라
날마다 손바닥 눈물 펴 보이면

사람 사람들
제각기 사랑선이 긴
손을 흔들며
두 팔 벌린다

빛나는 가슴으로 달려가
새살 돋아나게

살고 싶지만
내 터 안에
무성히 자란 그대 사랑

그대 또한
내가 전신을 비추는
거울일 때 있으리

신 인간시대
—어떤 인연의 아버지께

늙은 호박을 반으로 가르는 우리 집 안방으로
당신의 아들은 아이의 손을 잡고 느리게 걸어옵니다
탱자빛 같은 논길을 무덤덤히 걷는 등 뒤로
팽팽히 당겨오는 그리움의 줄 하나에
떠나간 아내와 병상의 딸이 뒤따라옵니다
세상에서 가장 필요한 말만 암호처럼 하고 살지만
인간에게 가슴이 있어야 하는 이유를
당신의 아들을 보며 더욱 실감합니다
용서하고 외로워하며
무수한 교감 신호를 보내는 손짓을 따라
스렛트 지붕을 타고 떨어지는 무색의 물 같은
눈물이 줄줄 흐르지만
당신은 울지 마십시오, 우리가 울어야 할 차례입니다

동백 그리고 담양

선운사 동백은 모질게도 지더라
손톱으로 모가지를 똑
따버리듯 낙화한
동백 숲 그늘에
내가 엮은 대바구니를
한 열흘쯤 잊어 버리고 오면
동백꽃 바구니가
영산강 강둑을 날아오는
장날을 구경 하리라
하모니카 소리처럼 햇빛이 퍼져 나가는
대밭 사이로
살아간다는 것이 등뼈 몇 마다쯤
휘어지게 한다 하여
창으로 길들이지 않고
져서도 속 뜨거운 꽃과 같이
햇빛의 음계를 읽어 나가는
사람들의 손을 보리라

동천강
-70년대를 기억해 보면

홍수가 나서 이웃돕기 성금으로
십 원을 내고
어머니 아버지는 밭일과 논일로 하루를 보내고
아이들은 집일과 동생 돌보는 일로 해가 저물면
가족이 식구로만 저녁 밥상 앞에 앉는 일이
그때였다
그때, 강둑을 평화롭게 달리는
자전거 한대는 아버지가 어린아이를 태우고
일요일 오전을 즐기고 있었다
그것은 이듬해 봄까지 바라보고 바라봐도
부럽기만 했다
그런데 강둑 위로 조금씩 보이기 시작하는
나무들의 모임은 해가 갈수록 성대해져
강변마을 사람들은
아침에 일어나 바라보는 곳이 나무숲이었다
오월이면 늘씬하게 큰 키에 자주색 꽃이 피고

비 오고 눈물 흘리는 내 인생을
큰 잎으로 덮어 주며 함께 자라던
자전거가 남긴 나무가 있었다

단속사터에서 · 1

너에게 오고 싶었다

그때도 가을 해질녘에 너를
찾아와서 손을 씻고
사진을 찍고 소원을 빌었는데

그 모습을 지켜보던 사람은 없고
가을걷이를 도와주러 온 자식을
배웅하는 부부가 그 자리를
지키고 서 있네

너에게 오지 못한 10년 세월이
소망을 버리고, 인내를 배우는
생활인 되어 하루씩, 하루씩을
살았는데

돌아 온 나에게 너는 자연 속에
묻힌 생활인이 되어
나를 반기고 있네

나는 너를 내일도 만나고 싶다

단속사터에서 · 2

산자락에 어둠이 내려와
너의 머리를 적시고
나는 이제 돌아서 가야 한다

모든 걸 버리고 올 수가 없어서
가슴에 품고 왔는데
돌아서 갈 때에도
버릴 수가 없구나

삶은 향기롭지 않지만
너에게 넘겨 버릴 수 없는
나의 욕심도 함께
가져가면서
나를 잊지 말라는 당부를 하고 간다

단속사터에서 · 3

내가 이곳을 찾을 때는 방금 실내화를 빨아서
창틀에 가지런히 세워 놓은 듯한 아침이었다
머리에 수건을 쓰고 외발수레를 끌던
농부도 없고, 동탑 앞 정자에 전기밥솥만
놓여져 있다, 세상일이란 한잔으로 고민을
풀 수 없고 마른 미역 불린 것처럼 억눌러도
넘쳐나는 울분도 있다 보니 어젯밤 마을에
무슨 일이 일어난 모양이다, 단속사터의 암탑과
수탑은 세상과 가장 가깝다, 고기 맛도 알고
술맛도 알아 부처님과는 점점 거리가 멀어져
속세 맛이 베었다, 정자에 걸터앉아 커피
한잔을 나누면 뒷품에 숨겨둔 매화이야기
밭에서 나는 거름냄새, 담벽을 타고 오르는
담쟁이까지 무조건 놀다 가라고 붙잡는 곳이
단속사터 탑골이다

탱자

낙화 지점이 분명하지 않아
내가 내 눈을 찔렀다

처음 생각이 봄날에 생겼다 하면
땅에 떨어져 썩어가도
개미떼 달라붙지 않을
씨앗만 생겼을 것이다

그런데, 눅진거림이다
이변이 일어나는 중이다

내려다보는 순간
나의 끝은 너라는 결정

산비탈 밭둑, 황국이 올려다보는
그 지점에 내가 있는 것이다

내 가시에 나를 찔러
너에게 보내고 있는 향기
이건 고백이다

사월과 오월사이

사월과 오월 사이
들판이 있다

묵정 밭 넓은 터
개망초 꽃이 피기 시작 하고

감자꽃 피는 보리밭 언덕
새롭게 세워지는
통나무집 사이로
늦봄의 고단한 빗줄기가
넘어 오고 있다

노오란 고무장화를
허벅지까지 올리고
삽으로 논둑을 다지는 아버지

담겨져서 하늘을 비추는

찰랑거리는 무논에
열 개의 발톱과
열 개의 손톱이 빠져
싹을 틔우고 있다

혼자 하는 말

칠월에 무궁화 꽃이 피더군요
달밤에 보면 물새가 앉아 있는 것
같고, 거품 한줌씩 얹어 놓은 것
같아요, 경주에 와서 낮술이 늘어 밤에
잠을 설칩니다, 불국사 앞 동리 목월 문학관
가는 길도 걷고 싶고 유리왕릉을 보고
있는 카페에서 커피잔에 달빛을 담고
싶기도 합니다, 우리는 등나무와
칡넝쿨처럼 등지고 살아도 서로를
놓지 못하고 삽니다
당신이 깨지 않는 새벽, 마을 구경을
갑니다, 거미줄에 송알, 이슬방울이
맺히고 백일홍 꽃이 한 장 떨어져
있네요, 여름 아침의 방점 입니다
전설처럼 "피 묻은 깃발" 같기도
하고 애절한 기다림 같기도 합니다
칠월에는 달맞이꽃도 피더군요

키가 훤칠해 꽃대는 나무 같아
보이지만 꽃은 얼마나 수줍게 보이는지
나풀거리는 지화 같았어요
모두들 피어서 오늘을 살고
나와 당신은 엉켜서 내일도
살아야 합니다

가장家長

오늘은 여기까지만 걷는다
되돌아오는 길에
자신에게 묻는다
톱질이 쉬운 나무로 살아서
쓸모없는 불땀만
공중에 날리고 있지는 않는가
생활은 날아다니는 바람과
친하지 말아야 한다
아래로 아래로 쳐져서
숯덩이처럼
끝까지 남아야 한다
그래서 생계는 위대하다

멈춘 이유

건널목, 세상의 어떤 이유도
통하지 않는 멈춤 앞에서
무궁화 꽃의 기도를 듣는다

고요함 후에
뿌리가 흔들려서
떨어지기 전에
그것을 확인하고 싶다

인간도 신이 될 수 있다

낫을 들고 무궁화나무를
뒤덮고 있는 칡 줄기를
토막 내서 걷어 낸다

제 2 부

겨울, 산당 앞에서

아들 · 1

인생은 아무것 아닐 때도 서럽다
일하고 돌아오는 저녁 시간
아들의 칫솔질 소리가
가슴을 서늘하게 한다
좁은 방
오늘은 무슨 힘든 일이 있어
눈물을 씻어 내고 있는지
서로 감추고, 침묵하는 일이
불행은 아닐 것이다
너는 눈물을 감추며 견디고
모른 척 TV 소리를 죽이며
신경을 모우고 있는 안방에서
견디며 살아가는 법을
일러주고 있다

시인과 아들

아내가 화장으로 자신을 내세우듯
낮술로 기죽지 않고
월셋방을 얻고 돌아오는 날
강 뚝 모래 무지 장다리꽃 섬뜩하게 피어
사람을 초라하게 하지만

동네 아이들과 헤어지는
아들의 손을 잡고
아버지가 날리는 원고지 파지처럼
막히고 막히는
새 집에 대한 자유로운 상상을
보태어 줄 수 없음을
무엇이라 설명할까

밀대로 교실 바닥 확확 밀어대던
봄날의 물청소와
연애산을 돌고 돌던 소문 사이에서

절망도 희망도 순간 순간이던 운동장에
아파트 팻말 당당히 나붙어
눈 어리치게 높아가는 건물을
아버지는 교정의 추억만 이야기 하마

아들아 자라거라
아버지의 시가 깨어나듯
곧게 자라
섬뜩하게 피어나는 장다리꽃
세상에 보여주자

아버지

집안
그 속의 사람들이
이렇게 바르게 사는 것은
적은 말수로 행동하는 아버지 때문이지

휴일이면
선풍기 바람 짜증내며
더욱 편할 궁리에 하루 해 무심히 넘기면
아버지, 논에서
버스 오가는 큰길 건너다보신다

논일 밭일 힘겨우면
멸치 안주 삼아
수시로 마시는 소주
땅 보다 더 정직한 건
술뿐이지

과거
팔뚝에 번쩍이는 비늘 같은 힘이 돋을 때
마당 가득 목소리 높여
자식들 훈계 당당한 몫이었다

이제
아버지 그늘 떠나
큰일 때 손님처럼 왔다 가면
짐 꾸러미 버스간에 져다 주고
쓸쓸한 몫
남아 있는 삶의 낙이실까

시인의 묘목

아들아 이야기 하나 하마

코 흘리면 사람 알아본다는
8개월의 너를 안고
옷소매 반짝이며 들소처럼 자란
아버지의 산마을을 찾아가면
마당 귀퉁이에 대추나무 눈터지는 아우성이
거름을 실어 나르는 경운기 소리에
도둑맞고 있는 봄이다

사람의 머리통에서
옥상의 물탱크만한 바퀴만 돌리다 퇴근하면
출발이 집이어서 돌아오는 곳도 집이어야 하는
풍향계 같은 일상 때문에
일요일이면 아버지는 시인이 된다

헬맷처럼 뼈만 남은 무릎 관절을

펴고 오므리고 삽질 하면
폭포수처럼 퍼부어 대는 춘곤증
사지를 벌리고 가장 짐승에 가까운 봄잠을 자고 나면
시인의 물독에
굵은 철사줄로 테를 메워 놓은 시인의 아버지

희뿌연 아파트 불빛의 계단을
시인의 등에 업혀 오르는 아들아
인생에 올라야 하는 곳이 많아 힘이 들면
나이테 그어 줄
아버지를 기억해 다오

롤러를 신기며

자연과 닮은 아이가
금강산 시멘트계단에 앉아 있다

너가 바라보는 것은
아스팔트 위를 구르고 구르는
바퀴인지도 모르고

보도블록의 끝없는
마름모인지도 모른다

그러나
무릎을 꿇고 열 개의 손가락으로
신발끈을 힘주어 조여대는
여자의 눈은

금강산 줄기를 타고 앉은 북쪽 마을에
흙을 담았다 부어대는 반복의

좌절 속에서
보석을 찾아 내는 한 여자를 만난다

그래
너도 무엇으로든 통하게 하리라
너가 등지고 앉은 자연 속으로
인간 속으로
너를 통하게 하리라

봄에 함께 오는

쌍벚꽃이 봉숭아 꽃잎을 절구에 찧어
놓은 것처럼 떨어져 있는 날이
올해는 오월 일일이다
나는 동리 목월 문학관 뒷길에서
스물여섯의 아들 바지를 내리고 오줌을
뉘이고 있다
이렇게 변할 젊은 연인은
드라이브 도중 사랑싸움이 일어났는지
남자는 담배를 피우고 있고
여자는 눈물을 훔치고 있다
사랑은 찧어도 꽃물이 흐르는
봄과 같으니
스물여섯 아들 오줌을
스스럼없이 뉘일 수 있는 엄마가 되어도
사랑은 끔찍이 좋다
봄이, 꽃이 그렇게 해마다 오듯이
사랑은 언제나 새것과 같다

1996, 초겨울에서 봄 사이

너는 지금 8살에서 9살로 걸어가는
나의 또 다른 심장
초겨울 무, 배추밭에서 일으키는
동맥 같은 퍼런 기운을 가지지 못해
너가 시작해야 하는 봄날은
겨울 추위보다 고민스럽다
너에게 너의 자유와 맞먹는 운동장과
청록색 칠판에 교탁을 등지고
새하얀 분필로 이름을 쓰는 선생님과
마주앉아 장난기 주고받을
친구를 주고 싶다
그러나 너는 8살에서 9살로 걸어가는 겨울을
나의 또 다른 심장으로만 뛰고 있다

1997, 봄

너는 9살
나의 또 다른 심장
국물에 밥을 적셔 천천히 먹이고
설거지를 할 때
특별한 날이면 뜨거운 물을 튼다
가족의 밥 그릇, 국 그릇, 숟가락에 묻어
떨어지지 않는 슬픔을
큰 양푼에 거품을 내어 바라보면
안경에 더운 김이 서려
수돗물 보다 많은 몸속의 물줄기를
흘려보낼 수 있기 때문이다
오늘은 너의 입학식
내가 주고 싶은 것들을 다 주어도
책임지지 않은 무한의 자유만을 선택하는 너는
커면 클수록 더욱 갇힌 삶만을 살게 되는구나
갇히고 잘려야만 자유로울 수 있는 이 세상에

너는 아침마다 소풍 가듯 학교에 가고
나는 뜨거운 물로 얼마나 많은
그릇들을 씻어내야 할까

신발

나의 운명이 에미로 살아가야 한다면
한 가지 두려운 것이 있다
밥숟가락 하나로
새끼와 번갈아 먹을 수 있고
개똥밭에 구르다 와도 씻겨 주고
안아줄 수 있고
공연장 무대 위에서 옷을 벗어도
내 몸으로 막아 줄 수 있고
얼음 강을 건너면 업고 건널 수도 있지만
늙어갈수록 두려운 것이 있다
에미의 신발이 작아
자유롭게 뛰고 싶은 내 새끼에게
신발을 줄 수 없다는 것이다

92, 선운사

너는 4살
나의 또 다른 심장

우체국에 가서 편지를 부치고
그 기다림이 너무 멀어
돌아서서 공중전화를 걸어야 하는
그리움이 선운사에 가게 했다

미래 보다 현재의 절망이 가까워
쉽게 포기하지 못하던 미련이
그곳에도 도사리고 있었다

선운사에서 버리지 못한 그리움과
품지도 못한 미련이
내게, 지금도 남아 있다

2003, 가을

대리석처럼 단단한 등판에
알림장 넣은 가방을 메고
학교에 가는 아들아
오늘도 안심보다 근심이 앞선다
나팔꽃 줄기는 시들어 가고
봄꽃과 다투지 않는 국화꽃 봉오리가
단풍나무 그늘에서 하루를 시작하지만
다가올 봄 화단을 준비하는
풀 베는 기계소리가
대낮의 아파트를 전쟁터로 만들어 가고
저녁까지 이어지는 풀과 나무의
눈물 냄새가
어지럽도록 안타깝다
너도 학교에서 몸과 정신을
누구를 위해 길들이고 돌아오지만
너의 고집이 목 줄기를 타고

이마로 치솟아 흘러넘치니
봄꽃과 국화꽃도 다투어 피는 아픔을
해마다 준비하듯
너의 시작도 끝이 없구나

봄날, 너에게

너는 나의 또 다른 심장

우리에게 이별이 없다는 것은
축복이 아니다
겨울 지나 봄꽃이 피는 들녘에는
깨어난 후의 나른한 기운이 흐르고
흐르는 기운을 따라
씨앗을 뿌리고 모종을 옮기면
저절로 떨어지는 봄꽃을 볼 수 있다
봄꽃은 여름을 예감하고
나무 그늘 아래 쉬어 가는 의자도
준비 하지만
우리의 사랑은 준비하고
기다릴 수 있는 것이 아니다

봄날 느닷없이 오고 가는 황사처럼
그대는 태연히 휘젓고

관심 없이 돌아 서 버리지만
그것은 이별이 아니라
내 사랑을 단련시키는
그대 삶의 한 방법이니
우리의 사랑에 이별이 없다는 것은
축복이 아니다

편지

패능 가기 전 삼거리에서 들판을
바라보면 꽃에도 고집이 있다는
걸 알 수 있어요.
삼월 늦추위에 봄은 아직……이라고
생각할 때 섬뜩하게 논두렁에
일렬로 서서 피어 있는 노오란
솜방망이 꽃을 보면 그렇지요
물러가야 할 계절을 일깨워 주고
타성에 젖은 인간의 생각을 깨워
줍니다
뒤따라 들판은 초록과 들꽃이
자신의 고집대로 꽃을 피우고
농부도 비를 기다리기 시작 합니다
또 다시 봄날 나른함에 젖어 들 때
논에는 물이 잡히고 논둑이 윤기를
내면 저 논두렁에서 사라진 것이
무엇인지를 생각할 때 모내기가

끝이 납니다
살며시 그대는 내게 시작을 알려
줍니다
결코 떠나지 말기를 바랍니다, 안녕

금쪽같은…

너는 22살, 나의 또 다른 심장
나는 너에게 생물이 되고 싶다
만지면 축축하고, 따뜻하고,
흘러서 발밑을 적시는 살아있는
것이 되고 싶다
왜냐면…, 너가 그렇기 때문이다

물 밖을 튀어나와 허연 비늘을
털어내며 생과 사를 넘나들어도
물 냄새 서늘한 바다를
향해 머리를 돌리는
눈뜬 생선도 그렇고, 늦가을 화초 잎에
묻어오는 날파리 한 마리 두 손을
겨누고 있어도 단내 나는 무화과
열매로 날아가는 저것도
살아있는 너와 같다
그런데, 나는 너에게 간절하다

걷어 채여서
짓이겨져서 생물이 아니구나
인식되지 않기를…

10월 20일

아침에 눈을 떴습니다
어제와 내일이 뒤섞여 오늘을
만들어 줍니다, 말린 옥수수수염
같은 머리카락이 방바닥에 떨어져
셀 수가 없습니다, 창문사이로
들어오는 바람 따라 어느 구석에
먼지와 뭉쳐서 웅크리고 있겠지요
사람의 몸에서 손톱과 머리카락은
자식과 같습니다, 잘라내고 묶어
주기도 하지만 끝내는 떨어져
나갑니다, 밥상에서 그릇 수가
줄기 시작해서 싸우게 되는 쓸쓸함은
어머니 노릇에 대한
죄책감이 쌓이고 쌓여서 천정을
뚫고 나가게 합니다
자연스럽지 않은 것은 바늘로 눈을
꿰매듯 고통스럽습니다

이런 억지를 이어가기 위해
21일이 있습니다

겨울, 산당 앞에서

나는 너만 바라본다
나에게 가슴 아픈 아들은 없다
열 손가락 중 새끼손가락이 가장 맛있고
이유 없이 웃을 땐 치가 떨리게
이쁜 너
나에게 가슴 아픈 아들은 없다
삼백육십오일 지나다니는 산길에는
가로등 불빛이 켜지고 산당 앞에는
간절한 차 한 대가 서 있다
여름처럼 비가 내리지만 오늘은 추운 겨울
산당의 지화는 꽃분홍으로 화려하고
신이 오셨는지 몸을 뉘이고 싶을 만큼
안락하고 따뜻해 보인다
나는 삼백육십오일 가슴이 아프다

아들 · 2

너는 스물다섯
아직도 너의 원칙은 변하지 않는다
느리다는 없고, 바쁘다만 있다
붉은 폭염
아버지는 냉장고 문을 연다
양손에 사탕 한 알씩 쥔다
사람은 보조를 맞추며
함께 걷는다
아버지가 내미는 달고 찐득한
사탕 두 알이
바라보고 만져보라는
관심의 고삐이다
아버지의 원칙은 변하지 않는다

제 3 부

정임이

유 교수의 찻집

당신이 문을 연 찻집에 내가 찾아간 날은 가을이었습니다
봄에 화려했던 꽃과 풀들은 수분을 잃어 말라가고
당신은 우산도 없는 내게 새만금 갯벌과 청동기 시대를
이어주는 장대비로 호랑각시 나무에 갇히게
했습니다, 땅은 막힘없이 회색으로 하늘과 원을
그리고 돌무덤을 적시는 빗줄기 따라 나도 끝없이 젖고
있었습니다, 당신은 가을처럼 냉정하여 손수건 한 장
얹어 주지 않고 홀로 버려두었습니다
삶은 고독하여 돌아가는 길 또한 쓸쓸하지만 당신이
틀어쥐고 있는 고인돌 무리의 산맥 같은 사랑은 떼어 놓지
못하고 내가 품고 왔습니다

시례 8반

시례 8반에서 이어지는
목전주 앞에 서면
더 진한 색으로
눈썹을 칠하고 싶다.
아이샤도우에 묻어나는
눈자위가 고운 나도
내 아버지가
시례 8반 사람임을 부인하지 못한다

임술년 동짓달 초하룻날
용달차 운전석 옆자리에 앉아
가슴에 안으신 흑염소 잔등에
진물 나는 살갗을 묻고
아버진 그렇게 떠나셨다

삭아져버린 아버지의 눈썹은
퍼머넌트한 내 머리칼과

노점상 카바이트 불빛 속에
살아 있고

오직 나는
눈꼽낀 어머니의 눈물만
추억할 뿐이다
이제
용달차 운전석 옆자리의 사람은
내가 잊어도 좋을 사람
다시는 내 울안에
들이지 못할 사람

그러나
시례 8반에서 이어지는
목전주 앞에 서면
내 인조 눈썹보다 더 짙은
소외당한 사람들의 그것

* 시례 8반 : 경남 울산에 있는 나병환자촌을 말함

유년기 · 1

새일네 무는
시시한 배보다 달다고
동네로 다니며 무 파는
젊은 내외는 말한다

그들의 애절은 사랑이
내 유년을 기억나게 한다

터울이 적은 동생 탓으로
서러운 유배생활은
고적한 할머니 곁에서
유월 별 들풀처럼 기죽게 했다

부풀린 밀떡 하나로
땅 따먹기 살구 받기
홀로서는 연습은
감당 못할 그리움이었고

주지 승 없는 숯방절에

공양주인 할머니는
향내 나는 상치 쌈으로
날 병들게 했다

무익 초 자라던
부처님 뒷전의 밀은 자라나
숨어서 홀로서는 연습장은
이국 땅 멀리까지
유배당한 밀밭이었다

밀대궁이 반짝이는 어느 구석엔
만주 땅 넓은 터의 눈물 나는 향수와
내 유년의 뒷모습은 빛나지만

주지 승 돌아오는 날
내 애수의
유배 생활은 끝나 있었다

유년기 · 2

음악 감상실 「하오」를 나오면
햇살이 누워 있는 약지 손톱에
무색 메니큐어 같은 유년…
무명실로 이마의 잔털을 뽑아내고
분내 나는 얼굴로 볼을 부비고 떠나버린
어머니를 향하여
날마다 눈물을 널어 보이던
나의 영토 안에
수화를 하는 그가 나타났다

가슴에 망원경을 달고
모든 것의 속살 같은 몸짓으로
말보다 더 진한 눈빛으로
손을 잡아주던
나날이 위안 받던 나의 유배지

망개나무 열매로

목걸이를 만들다 돌아보면
망원경으로
나무와 나무 사이
산과 산 사이를 지나
바다를 보던 그의 뒷모습…
노을 받으며
업혀서 내려오던 동네 어귀에
자치기를 하던 아이들
일제히 입을 모아 놀려댈 때
허무하게 내리 깔리는
그의 유일한 언어
뻬뜨랑….

삽짝이 긴 집안에서
앞치마를 두른 아내가 달려 나와
망원경을 받아 들자
목단이 피다 만 뜰 안에

피마자기름을 윤나게 바른
나의 어머니

닳아져 버린 내 손금의 생명선이
한없이 이어진다

* 뻬뜨랑 : 어린 시절 우리가 불렀던 벙어리의 별명

누이의 봄 · 1

우리 연년생으로 자라
평범한 어른으로 살 줄 알았다

강 건너 쪽으로 시집간 누이는
아홉 가구 서민들의 방세 받으며 사는 홀어미와
수선화 꽃모가지 같은 허리통을
자랑 못하는 너를
마음만큼 넉넉히 챙기며 살지 못한다

봄아 봄아
누이가 살고 있는 아파트 베란다의 봄아
눈부셔 커튼을 치는 창을 떠나
손등에 백여 개의 침을 꽂으러 가는
중앙선 남쪽 해안 선로를 따라 가라
신문지 둘둘 말아 겨드랑이에 낀 청년을 따라 가라
등뼈 뼈마디 속속 힘이 되어
남정네 힘줄 돋은 종아리로 대문을 넘어 설 때까지
홀어미 저녁상 수저가 휘어질 때까지
절대
절대로 놓치지 말아라

누이의 봄 · 2

외나무다리의 원수 같기만 했을까
마음속으로 수 없이 죽이고 죽여도
사람들 틈에 서면
오직 너뿐이더라

함께 서른을 바라보며 살아
누이는 입술 바짝 타 들어 가는 중년인 듯
시집살이 소외감에 눈물 콧물 흐르는 날 많아
이빨 갈며 싸우던 때로 돌아가고 싶다

그러나 지금 너는
사랑도 한창,
살날에 대한 희망도
하루의 반성도
불끈 불끈 해대는 총각으로 살구나

아침이면

머리부터 발끝까지 씻어 내리고
상대가 누이가 아닌 병과 싸우는 너
그것조차 너무 좋아 보인다

정임이의 편지

파씨를 고르다가
대추나무 그림자 어른거리는
평상에서 편지를 받는다

버스를 타면 만나던 정임이

숙소 나리반에서 쉬는 날이면
옥상으로 산책을 다니며
하늘과 가장 가까이
만나고 싶다던 너

운동화 쪼로롬히 널린
창틀을 보다가
병원이 보이면
어린 시절 간호원이 소망이던 걸
덮어두자 하지만

왠지 설레이는 가슴을 어쩔까

직사각형의 버스 속에서
토해내듯이 사람을 내리고
실어야 하는 직업에
회의가 생긴다던 어느 날
전보를 전해 준 내게

면사포 소식을 알린 정임이

회심곡

토방 과원에 세거우 나리면 플룻을 불던
어린 아이는 완자무늬 고운 문살마다
청색 회심곡을 틀고 홍옥 사과밭을 걷습니다
저 밭 끝머리에 바람으로 흩어져 사는
도꼬마리씨 같은 당신의 푸석한 머리칼은
낙조를 애달파 하는 꽃대마냥 가련해 보이나
세월을 물목음하는 당신의 청상은 빨간 무
연연한 빛으로 아름답습니다
칠석비 속에서 마지막 배봉지를 씌우며
꽃술 담는 법을 일러 주시던 당신은
무우수 꽃그늘의 귀인이 되시고
여식은 슬픈 중생입니다

눈 감고 걸으면
평소에 귀애 하시던
사랑채 대추알이 생각납니다

이제는 문지방에 걸터앉아 플룻을 불지 않아도
어엿한 과원의 여주인이 되어

어머님 저도
대추나무를 귀애하며 삽니다

화분

천정을 바라보고 누워
가만히 눈 감으면
그대가 준 갈비뼈 하나
손을 내민다

치마의 안감처럼 너덜대는
너의 갈비뼈를 받아 쥐고
온전하지 못한 체온으로
녹이고 또 녹여
반듯한 나의 가슴을 열지만

손바닥의 잔금처럼 무수한 사연이
형광등 불빛 아래서도
더욱 비밀스럽기만 해
화장 지우지 못한 얼굴을
감싸 쥐게 할 뿐

손금의 목숨만큼 살다 가지 못한다 하여
너와 나를 인연 없다 함은

참감나무잎 뚝뚝 떨어지는 옥동 마을에
물오리 키우자는 약속 또한 버리자는 말이리라

그러나
마주 잡은 손 사이로
그대 갈비뼈 또 하나 던진다면
가슴을 잠그고
여름 장마에 풋과일 떨어질 리 없는
토분을 만들어

가장 올바른 순리대로
흙을 채워
상치 밭 안개 속에 숨겨
두고 두고
울게 하리라

그 눈물로 하여
갈비뼈 같은 꽃대를 세워 다가오면
아 세상없어도
너의 꽃이 되리

사감 언니

오늘은 손이 없는 날

벽지를 바르듯 정성으로 사는
정임이에게 부쳐져 온 전보지가
햇장 담글 어머닐 보고 싶게 한다

숙소 201호실 옷장을 열고
정임이의 외출옷을 다림질 해 주며

봉선화 꽃물 들이던
윤기 나는 동심을
약지 손톱에 묻고 사는 것도
허영이고 허욕인 듯싶다

사람들 틈에서 더욱 고독한
바퀴 달린 마차를 타며
동전의 수만큼 구부러진 등은

문간의 아이들을 사념에 잠기게 한다

개운포
허허로운 인정의 거리를
밤늦어 돌아오는 아이들에게
가아제 물수건으로
얼굴 닦아 주면
형언할 수 없는 내 속 쓰라림이
거기 있다

동생의 휴가

일기장을 덮어 두고
시계의 태엽을 감을 때
초인종 소리처럼 설레이는 너의 휴가

손가방을 풀어
고무장갑을 내어 보이며
어머니의 새치가 불어나서 보기 좋다던
널 데리고

자정이 넘어 들길 걷는
우리의 그림자엔
아무도 모를 술기운이 돈다

전신주를 감고 있는 너의 얼굴엔
성남동 전화국 철조망에 걸쳐진
삭아진 옷과

전자 오르간이 뱉어 낸 상한 두부가

타일 바닥처럼 가라앉고 있었지만

잔말이 많아진 진실의 너는
하늘로 솟구친 머리를 쓸어내리며
누나의 가시성을 부러워하기도 하고
왼손잡이 사수의 고민을 이야기 한다

허물어져 가는 가면을
벗기고 싶어 할 때마다
풀 더미 위로 토해내는 오기를 보며
아직도 좁기만 한 네 등을 두들겨야 하는
누나는 울고만 싶었다

하지만
네 등 두들기는 누나의 손이
또한
초인종 소리처럼 설레이는 걸
너는 알지

혜민이 엄마

가난을 알약 하나로 다스릴 수는 없을까
청실홍실 엮어 땅콩처럼 살던 땐
세상이 단단한 껍질로 우리를 보호하고 있는
착각으로 살았다, 품 넓은 작업복 반듯이
개킬 때처럼 욕심은 쉽게 줄이고, 행복은
갑절로 늘이는 방법 아내 되어 사는 도리로
알았다

내 아버지 절반의 나이에 당신은 정신
온전치 못한 남편 되어 남은 반생 누워만
있을 것인가
대나무처럼 휘어졌다 튕겨 나가는 생활의
탄력을 어디에서 찾아내어야 하는가

어머니로부터 나에게
나로부터 딸에게
마디마디 이어지는 속 빈 가난이여

지글거리며 타오르는 숯불구이집 주방일로
녹초가 되어 오는 나의 하루처럼

당신은 맑은 정신으로 되돌아오기 위한
힘겨움에 나날이 녹초가 되지는 않을까

당신 회생의 믿음으로 시작되는
나의 하루여

영자야

한 남자를 선택한 권리에서
무수한 의무의 연결고리로 채워지는
삶의 여백을 내게 묻는다

미혼의 딸일 때
부모로 인하여 사무치게 울어 본적 없어
그 소중함 톱니바퀴처럼 맞물린
생활 곳곳 묻어나는 것일까

대문 나서면
여름 복더위에
양산대 줄줄이 녹아나는 느낌부터
첫 걸음 어지러워

팜플렛 인쇄 색상만큼
반짝이는 아파트
초인종 앞에 서면

물불 가릴 수 없는
삶의 자세로 돌아가고 말아
하루를 긴장으로 떠다닌다

현관문 활짝 열려
일의 보람 꿈꾸기보다
방안을 메우고 있는

환자의 절망,
내 의무감에서 벗어나기 위한
희망 간절해져

한 여자, 이식의 뿌리 흔들리기만 해
떡잎 되어 떨어지는
애정의 한계에
내 스스로 부끄럽다

정임이

강변을 달리는 버스 속에서
거울을 보면
눈물점이 꽃판처럼 번지려 한다

차창을 빗대어 지나가는
나무의 그림자 위로
손을 잡은 연인들의 뒷모습

입술을 깨물며
기억 저쪽으로 밀려나 있는
시누대 숲의 숨겨둔 밀어들이
제각기 일어나
눈물점을 번지게 한다

햇살이 입술연지처럼 번지고
바다가 보이는 고향에선
내가 태우는 사람만큼

순하게 밀려오는 파도

손수건으로 얼굴을 꼬옥 꼭 찍어 누르면
비늘처럼 묻어 나오는 사람들
그들의 등살에

종점은 다가오고
내 기억을 잠재우는
안온한 휴식을 가지고 싶다

덕원식물원

레이스 커튼으로 창살을 막으면
내 이웃 호산나 피아노 집에서
아드리느를 위한 발라아드가 울린다

현관문을 열면
아~ 어지러운 겨울 하오
하얀 비닐하우스에 부서져 내리는 볕살로
화단용 꽃묘는 연초록 어린 오디알 같다

꽃대로 울타리를 엮어
어머님과 나만의 덕원에
톱밥 난로 위 옥수수차로 습도를 조절하여
정원수 장미를 키우며
우리는 세상을 사랑한다

아직은 다스운 꽃의 이웃도 있고
남국을 그리워하는

어머님 청상 같은 꽃도
살기를 희망하니

아~ 어머님 꽃씨를 받으세요
내 이웃 호산나 피아노 집에서
「아드리느를 위한 발라드」가 울립니다

연애산

학성여중 뒷산에 연애산이 있다
초록색 체육복을 입고
운동장에서 체력장 연습을 하면
가끔씩 연애산 언덕에
남자들이 보이곤 한다
대놓고 보면 혼나고
소리 지르면 더욱 혼나지만
끼리끼리 소곤거리고
사연을 만들어 낸다
연애산 뒤쪽에
남자 중·고등학교가 있어
한 번쯤 뒤돌아 가보고 싶은 호기심이
막아도 막아도 생기는 때지만
단어장을 들고 집으로 돌아갈 때도
연애산을 외면하며 걷는다

복종이 연애산을 평지로
내려 앉히는 시기였다

제 **4**부

마당에 욕심을 버리다

옥수수밭 옆집

사람들이 살아간다를 말할 때
인간 외에 모든 것은 배제 된다
양은그릇에 먹다 남은
비스켓을 두고
외출해서 돌아와 보니
개미떼가 그릇을 덮고 있다
끔찍함이 자식 등판을
빨고 있는 거머리 떼를 보는 것 같다
천도쯤 끓인 물을 양은그릇에
핵폭탄 터트리듯
투하하고
온몸을 타고 오르는
스멀거림 때문에
수천의 생명을 죽이고
공포감에 살았다
옥수수밭 촌집의 낭만은
죽임도 태연해야 살 수 있다

소

산밭에 밭을 갈고
씨앗을 뿌리는 농부를
지긋이 바라보는 것도
그가 하는 일이다
물먹고 싶으면 울고
집안 일이 궁금해도 울고
반은 짐승이고
반은 식구이다
지금도 이웃에 소를 키운다
밭일은 할 것도 없고
움직임은 최소화 시키고
새끼를 낳는 산통도 없다
소가 인간의 생활에 개입하여
순하게 울던 소리가
이제는 떼 지어 통곡 한다
옆자리에서 사료를 먹던 소가 사라져
어디로 가는지 그들도 알기 때문이다

사람

잡초가 숲 행세를 하면
사람은 낫을 든다

달빛에 첨성대 부근을
돌아봐도 사람은 이기적이다

자전거를 타는 연인
벤치에 앉아 어르고
어르는 청춘

인공 불빛은 숨길 줄 모른다
밤에도 쉬지 못하는 왕릉
지하에서
봉기가 일어날 것 같다

대도

병영 성결교회에서 복자를 만나
대도 조개 잡으러 간다
철길을 지나고, 송신소를 지나
서원 기와가 보이면
조개 잡는 사람 수도 가늠할 수 있다
물 위로 얼굴만 내놓고 오리걸음으로
소쿠리를 모래 바닥에 찔러 넣어
소쿠리를 살살 흔들면
밤톨만한 조개가 드러나는 재미에
콧등이 익는 줄도 모른다
옷은 걸어오면서 말리고
평상에 앉은 복자를 위해
부엌에 들어가니 평소에 볼 수 없었던
나물 반찬에 생선까지 둘이서 후딱
먹어 치우고 교회노래를 부르고 놀다
복자는 돌아가고,
딸의 값어치가 돈보다 못한 때라

조선소 다니는 오빠 생일상을 먹어 치운 죄로
집 밖으로 쫓겨났지만
콧등에 껍질이 살살 일어
바캉스 다녀온 척 자랑하느라
서러운 줄도 몰랐다

* 대도 : 동천강과 태화강이 만나는 강 하구

소가 운다

저녁에 작업실에 올라오면
소장이 열린 날을 알 수 있다
짐승도 새끼를 보내면
일주일을 목 놓아 운다
앞집 축사에서 움직이지 못하고
목만 길게 뽑은 채
돌아오라 돌아오라
자식을 부르는 어미소의 통곡을
동네 개들도 조용히 듣고 있다
오늘은 내 마음도 너와 같다
흙을 자르는 줄칼도 조심스러워
라디오만 듣고 내려온다

여름

마음이 계절을 이기지 못한다.
삶은 감자를 설탕에 찍어 먹는
나이가 되어
여름 오후를 맞으면
밭뙈기를 망쳐 먹는
개망초를 보아도
인간을 원망하지 않게 된다
내 몸을 위로해 주는
단 언어만 골라 먹고
칫솔 위에 누운 치약 토막처럼
너의 입안에서
놀고 버려지는 하루가
백 개를 넘다 보면
슬쩍 지나가는 소리가 있다
풀 비린내 소리

논둑이 죽었다

무논은 아름답다
장미 꽃다발 속에서 나오는
연두색 거미보다 색다르다.
어린 개구리밥 장난치듯 떠다니고
수반에 침봉 세워둔 것 보다
비장한 삶이 있다

태어나 육십 년 이후까지
농부가 직업인 무논에 서 있는
저 사람을 향해
농약을 그리고 비료를 줄여서
농토도 환경도 함께 살려 보자
말할 수 있는가

삽자루가 그의 지팡인 것을 보고
우리는 부끄러워해야 한다

없다

내게는 좋은 것이 하나도 없다
입으로 들어가는 밥도 싫고
누울 자리도 싫고
몸 가릴 옷도 싫다

자식을 잊지 않을 기운도 없다

너는
세월호만 붙잡고 있을 수
없다지만

나는
죽지도 못하는 지옥이
내세상이 되어 버렸다

향유 · 1

모화장날 라면 박스 안에서 눈꼽 위에 눈물이 얹힌 채 털옷을
켜켜이 입고 낮잠을 자고 있었다 그리움은 잠 속까지 따라
오는데 털과 털 사이로 열선처럼 햇볕도 자리 잡고 함께 눕고
있었다 폭염도 서서히 물러가는 해질녘 꿈속에서 이별은 계속
되는지 모로 누운 배가 불룩불룩 소리를 내며 울고 있었다 삶은
옥수수 입 속으로 빠져 나가듯 여름장도 파장이 다가오고
라면박스 안에서 쉰 목소리로 진액의 슬픔을 핥고 있는 너,
목덜미를 꽉 쥐고 들어 올리는 순간, 윗입술이 손마디만큼
찢어져 뜨거운 물을 뒤집어 쓴 듯 공포에 떨고 있었다 해는
누그러져 산속으로 들어가고 마르지 않는 이별은 종일 질척
거려도 귀가 길에 함께 가고 있었다, 향유

* 향유 : 집에서 기르고 있는 개 이름

향유 · 2

탱자 열매가 열릴 때 향유는 외롭기 시작해서 온 몸을 부비고 다닌다. 전신주 울음 소리와 함께 겨울이 다가오고 국화 밭 사이로 걸어 나오는 한 뼘의 키에 마른 잔디가 아랫배에 매달려 마당을 쓸고 다닌다. 겨울 밤이 팽팽하게 당겨지고 있다. 튕겨서 새벽을 뚫고 나가는 튕김 줄 소리에 전자음 보다 신기한 현의 파장이 우주에 생명을 보태고 있다. 찢어진 윗입술로 담요 위 따뜻한 곳으로 새끼를 옮기고 멀뚱이 쳐다보는 두 남편을 집 밖으로 몰아내며 마른 잔디가 배에 붙을 새도 없이 뛰어 다닌다. TV 속에서 검은 비닐 봉지에 담긴 귤을 까먹고 있는 십대의 산모들. 아침에 일어나면 습기를 품고 있는 모든 것은 얼어 있다. 그러나 눈물은 얼지 않는다. 모성을 품고 있기 때문이다.

마당에 욕심을 버리다

지는 꽃은 깨달음이다

나에게 마당이 생겼다
세상의 모든 좋은 것들은 내 마당 안으로 들여 놓고 싶었다
강둑에 피어 있는 구절초, 논둑에 농부의 눈을 쉬게 하는 황국
빈 집터에 핀 쑥부쟁이, 누구도 무어라 말하지 않았다
돌 틈에 심고 해당화와 상사화 사이에도 심었다
들에서 억척스럽게 피던 꽃들이 울타리 안으로 들어 온
것이다, 여름철 소나기가 한 차례 지나갈 때마다
꽃이 어린 감나무보다 석류보다 커 버렸다, 해당화 꽃도
삼키고 상사화는 싹 마저 삼켜 버려 시퍼런 마당이
무서운 잡초 밭으로 변하고 있었다, 비 오는 날 구절초도
뽑고, 황국도 뽑고, 쑥부쟁이도 뽑아 마당 밖으로
픽픽 던져 버렸다
가을이다, 울타리 밖으로 픽픽 던져 놓은 꽃들이
꽃을 피우고 있다, 울타리처럼, 가로수처럼, 하고 싶은
되로 피고 지고 있다, 꽃이 지면 가지도 말라

함께 뿌리로 돌아간다, 내가 인간의 근본을
찾는 길이기도 하다

슬픈 인연

-차경이 엄마에게

우리는 밥 같은 심장 하나를
더 가진 동반자로 만나
누르면 튕겨 오르는
용수철이 되어 버렸다
사람이 살아가는 세상에
남의 일이 내 일이 될 수 있다는
이치를 떠나
팔이 짧아 샘물의 물을 퍼 먹지
못하는 이에게
볼 수 있는 눈을 가진 사람이라면
누구나 바가지가
되어 주지 않겠는가
이런 상식적인 일을 위해
당신은 40일 동안 외쳐야 하고
나는 침묵하고 외면하는
상식 밖의 동반자가 되었다
오늘도 우리의 또 다른 심장은

뜨겁고 뜨거우니
우리의 인연은 슬프기만 하네

세 여자

우리가 십여 년 만에 만난 곳이
교육청 입구 계단이었지요

돌 틈 사이로 구절초가 무리 지어
피어 있어
아련한 추억이 떠오르는 분위기였지만
현실이 그 아련함을 앗아 갔지요

십여 년 전에 우리는 어머니로 만나
십여 년 후에 우리는 본능이
발달한 에미가 되어 만났습니다

지난여름
저 돌 틈으로 사이로
특별하지 않게 무심코 커가는 풀에게
가을을 기대하지 않았듯이
세상을 향해 소리칠 줄 모르고

돌 틈에 끼어 그늘을 찾는
달팽이처럼 살았습니다

그러나
천금 같은 내 아이에게
가장 늦게까지 가을을 알리는 구절초처럼
튼튼한 뿌리를 주고 싶습니다

어느 한 모서리
어느 한 틈바구니가 아닙니다
세상 모두를 원합니다

석불

운주사 석불님은 모여 계신다
감실에 존엄하게 정좌하고 계시는 분 보다
봄놀이 갔다 돌아오다 비를 피해 넓적바위
아래 조곤 조곤 수다 한판 벌리고 있다
어느 석불님은 코도 쥐 버리고
어느 석불님은 귀를 쥐 버린 사연을
듣다 보면 저절로 치마를 걷어 올리고
눈물을 닦게 된다
봄놀이 가서 수건돌리기에 노래 한 소절이
아니라 중생들 하소연이 가슴 아파
후벼 파고 잘라낸 몸을 서로 서로
기대고 서 있다
그 앞에 중생이 줄 것은 단 하나
담쟁이 넝쿨로 봄바람을 막아 줄 뿐이다

큰 형부

초등학교 운동장만한 넓은 가슴의 형부를 기다린다
그 시절의 가난이야 공인된 것이었지만
큰 형부, 손금조차 없는 빈손이었다
부엌 들어가면 안방, 옆방 미닫이를 열면
서너 대 장갑 기계 놓여진 작업실
주인과 심부름꾼 동동 걸음으로 휩쓸고 다니며
낮과 밤이 따로 있었으랴
믿는 것은 힘, 황소같이 밀어 붙이는 육신을
지키기 위한 힘
잘 사는 것에 대한 희망, 적막하도록 조용한 집
실밥 날리지 않는 깨끗한 집.

입 벌려 소리치지 못하고 몸짓으로 대화하던
시절 당당히 걷어차고 마당에 들어서면
지하실 공장에서 우우우 우박 몰려오는 소리
머리 기름 윤나게 바르고 팔 쫙쫙 뻗어
명함 돌리며 향기 나게 살아도
아직 믿는 것은 힘, 나의 육신뿐이지

바람

오늘은 네가 웃는 것도 싫다
가마실 옆 맨드라미가 꺾인 고개를
주체 못해 검은 모래알을
스스로 땅 위에 쏟아 내고 있다
흙을 들고 지나가다 밟히면
울타리 근처 멀찍이 옮겨 버리지 못함을
후회하며 지나치고
석류를 반으로 쪼개 물기와 함께
쏟아지는 신맛의 검붉은 알들을
한 알씩 음미하다 신맛에 치를 떨며
석류알도 뱉었다
그 자리에 똑 같은 색깔로 리본을 단
꽃이 피었지만
밥그릇 국그릇 작업 후
손에 묻은 유약을 털고
앞치마로 꽃대를 후려쳐서
봄, 여름, 가을 한철도

돌봐주지 못한 곳에서 씨를 흘리고 있다
소쿠리에 한지를 깔고 꽃송이를 잘라
내년을 기약하는 약속의 시간에
한지를 빼고 소쿠리를 엎어 버리는 누구
오늘은 네가 웃는 것도 싫다

안전한 내 집

울타리로 장미를 심고 미친 듯이 부부싸움을
해도 눈치 보지 않는 내 집을 가지게 되었다
도로 팔차선을 경계로 위쪽 산비탈에
흑염소가 먼지를 날리며 뛰어 다니고
산자락은 풀 한 포기 없이 건조하다
도로 경계에 쓰레기 태우면 신고하라는
플랜카트가 붙어 있지만 저녁이면
벚나무로 가려진 양철 굴뚝으로 연기가
피어올라 나무 타는 냄새, 감자 굽고 싶은
냄새가 집으로 내려온다, 남몰래
누리고 싶은 그리운 냄새는 날마다 내려와
두려울 때도 있다
공사장 트럭이 빈번하고 승용차 다니는
횟수가 많아지고 가로수 사이로 가로등
불빛이 여름 아침 8시로 착각을 일으키게
밝은 밤을 만들어 낸다, 그믐이면 고독하고
보름이면 달을 안고 물속에 잠기고 싶은 밤은

사라졌지만 봄이면 아기 흑염소 뺀질 뺀질
꼬리 흔들고 돌 위에 가지런히 운동화 벗어
두고 텐트 속에서 봄밤을 즐기는
양봉 아저씨는 돌아 올 것이다
잘 자고 일어난 비 오는 아침
부실공사로 벌치는 아저씨의 댓돌이
사라졌다는 뉴스
그래도 내 집은 안전하다

함께 걸어 온 길 어언 30년

김 종 원(남편 · 시인)

이숙희 시인과 나는 결혼 전부터 울산에서 함께 글을 써 온 시간들까지 보태면 정말 오랜 시간을 함께 동행해 왔다. 20대 초반 문학에 대한 열정만 하늘을 찌를 듯 했을 뿐 모든 것이 어설펐던 그때부터 울산의 청년 문학 발전을 위해 함께 시화전, 문학토론 등을 하면서 보냈던 시절이 지금 와서 되돌아보니 가슴 저편에 아득한 흔적으로만 남아 있는 것 같다.

결혼 후에도 안성길, 이광희, 류윤모 시인 등과 "신시대의 시" 동인을 결성하여 울산에서 나름대로 올 곳은 문학을 하고자 애써 왔다. 울산작가회의 창립 때도 창립 멤버로 함께 같은 길을 걸어 온 문학적 동지이자 부부로 살아 가고 있는 이숙희 시인의 시집을 발간하기 위하여 그 동안 써 왔던 시들을 정리하면서 늘 함께 있다 보니 서로에게 너무나 익숙해져 잊고 지내 왔던 시간들이 새삼 되살아나는 즐거움도 있었다.

어느덧 아들 둘 모두 성인이 되었다. 늘 우리의 도움이 필요한 맑고 순수한 큰아들 상흠이와 항상 자기 일을 스스로 해결하고 늘 최선을 다하는 자랑스런 둘째 아들 상현이 모두 우리가 함께 살아가면서 얻은 소중하고 행복한 존재들이다.

1986년 문단에 첫발을 들여 놓은 지 어언 30년이 되었다. 세상도 많이 변하고 알게 모르게 우리들의 삶도 참 많이 변했다. 그러나 아직도 우리를 억조이는 불편함이 세상 곳곳에 남아 있는 현실을 또한 부인할 수도 없다. 시를 쓰는 일은 이웃들과 함께 하고자 하는 노력이다. 함께 웃고 울고 서로의 손을 잡아주는 일 그 것만큼 소중한 일이 또 있을까?

이숙희 시인의 시 속에는 어린 시절 정서적 성장의 자양분이 되었던 동천강을 중심으로 살아가던 이웃들과 터울 촘촘한 형제들 속에서 너무 일찍 철이 들어 버렸던 동생에 대한 애정, 어머니로서의 넉넉함이 곳곳에 묻어 있어 읽는 사람들로 하여금 시에 빠져들게 한다.

시는 시인이 자기의 삶을 다잡아 가는 과정을 통해서만 얻을 수 있는 보석이다. 세상의 온갖 불합리를 걷어 내는 일. 어쩌면 영원히 손에 잡히지도 않을 꿈을 찾아 끝없이 집을 나서는 일과도 같은 일일지도 모른다. 그래서 시인은 늘 채워지지 않는 갈증을 느끼며 살아가게 되는 것은 아닐까!

이 번 시집 발간이 이숙희 시인에게는 이제까지 온 힘을 다하여 써 온 시들을 갈무리하는 의미 그 이상의 무엇이 되었으면 좋겠다. 우리가 갈망해 왔던 바램들이 한 번쯤은 꼭 이루어지는 그날이 올 때까지 함께 손잡고 가야겠지 생각해 본다.

수수하고 질박한
아카시아 꽃 같은 육체의 언어
— 이숙희의 시세계

안 성 길
(시인 · 문학박사)

1

울산의 중견문인 이숙희 시인이 등단 30년만에 처녀시집 『옥수수밭 옆집』을 묶어냈다. 요즘은 등단도 쉽게 하지만 얼굴을 내민 지 불과 얼마 되지 않아 첫 시집을 내는 것이 세태이고 보면 이번 이 시인의 첫 시집은 거의 사건이라고 해야 할 것 같다.

지난 81년 8월, 신필주 시인을 고문으로 김영옥, 김춘애, 이연옥, 이숙희 등 시심이 충만했던 13명의 여성들이 뭉쳐 시작된 《우향글모임》은 울산의 명다방에서 첫 시화전을 가진 이후, 작은 문집과 시낭송회, 시화전 등을 통해 십 년 가까이 활동했다. 그들은 시 세계가 섬

세하고 순수하다는 평을 주로 들었는데,

오! 온 세상 무너질 듯 / 안겨오는 스타티스의 갈채여! / 보라빛 일
색의 꽃송이가 / 노을에 출렁거리고

시인이여 / 그대는 일생의 할 일을 / 꽃씨로 받들고 섰나니

아름다운 것은 영원하여야 한다
　　　―「시인과 꽃」부분[1]

　이처럼 그들 대부분은 '은근한 중년의 나이에도 잔잔한 칠순의 나
이에도 시를 햇살처럼 쬐이며 영원히 아름다울 것'(이숙희, 〈우향 글
모임〉에서[2])을 믿으며 살았다.
　이렇게 순수하고 뜨거운 문학청년기를 보내던 문학청년 이숙희는
86년《한국여성시》18집에「시례 8반」,「유년기2」등을 발표하며 시
단에 이름을 알린다. 이후, 87년 시월에 결성된《신시대의 시》동인에
가세하여 동인지《신시대의 시》(김종원, 류윤모, 안성길, 이광희)와
《울산문학》등을 통해 본격적인 시작활동에 들어갔다. 90년에는《부
산 · 경남젊은시인회의》에도 이름을 얹는 등 왕성하고 의욕적인 모
습을 보인 이 시인은 96년 10월, 울산작가회의가 출범하자 창립멤버
가 된 이후에는 기관지《작가시대》,《울산작가》등에 주로 일상생활
속에서 얻어진 진솔하고 꾸밈없는 작품들을 지금까지 꾸준히 발표해

---

1) 신필주, 《蔚山文學》(한국문협울산지부, 1987, 제12집) p.190.
2) 앞의 책, p.191.

왔다.

　등단 무렵부터 지금까지 30여년을 곁에서 시동인《신시대의 시》동료로서 지켜본 내 시야에 포착된 시인 이숙희는, 그녀가 유년기를 보낸 병영 부근의 동천강변에 뿌리내렸어도 주어진 한 뼘의 박토일망정 오로지 사랑하며, 오뉴월이면 무성한 녹음과 박하사탕 같은 꽃다발까지 하염없이 풀어 날리는 아카시아 꽃 같이 끈질긴 생명력과 소박하고 진실한 언어의 세계를 한결같이 보여 준다.

　『옥수수밭 옆집』을 일별해 보니, 모두 4부에 걸쳐 69편의 시편들이 등단 초기부터 최근에 이르기까지 고른 결을 이루며 그 동안의 창작활동을 되돌아보는 듯한 느낌이었다. 그리고 시인의 초기 시세계는 등단작인 「시례 8반」, 「유년기2」 등이 보이는 제3부의 시편에 주로 나타나는데, 시인은 유년기의 기억을 시적 상상력을 한껏 발휘한 속에 풀어내 보이고 있다. 제1, 2부의 시편들에서는 시인 김종원과의 결혼 이후 전국을 가족여행하며 두 아들을 열심히 키우는 전형적인 어머니요 아내의 모습을 엿볼 수 있으며, 제4부의 시편들에서는 십여 년 전부터 생활도자기의 세계에 몰입하여 거의 해마다 자신의 집에서 생활도자기 전시회를 여는 등 생활도인의 삶을 살며 시작을 병행하는 억척 예인의 길을 가며 일상생활 주변에서 깨달음을 얻는 모습을 많이 찾아볼 수 있다. 이렇게 보면, 이숙희 시인의 시세계는 크게 세 시기로 나누어 살펴볼 수 있겠다.

　2
　먼저 순수했던 유년의 추억을 풍부한 시적 상상력으로 써내려간 「시례 8반」부터 살펴보면,

시례 8반에서 이어지는 / 목전주 앞에 서면 / 더 진한 색으로 / 눈썹
을 칠하고 싶다 / 아이샤도우에 묻어나는 / 눈자위가 고운 나도 / 내
아버지가 / 시례 8반 사람임을 부인하지 못한다

임술년 동짓달 초하룻날 / 용달차 운전석 옆자리에 앉아 / 가슴에
안으신 흑염소 잔등에 / 진물 나는 살갗을 묻고 / 아버진 그렇게 떠나
셨다

삭아져버린 아버지의 눈썹은 / 퍼머넨트한 내 머리칼과 / 노점상
카바이트 불빛 속에 / 살아 있고 (중략)

그러나 / 시례 8반에서 이어지는 / 목전주 앞에 서면 / 내 인조 눈썹
보다 더 짙은 / 소외당한 사람들의 그것
　　—「시례 8반」 부분

시인이 학성여중에 다니던 어느 소풍날 계란을 꾸러미로 삶아 온
급우 덕분에 계란을 포식한 뒤 그녀와 친해졌는데, 우연한 기회에 그
녀가 울산광역시 나환자집성촌인 '시례 8반'의 미감아인 것을 알게 된
다. 시인은 꿈 많던 그 시절의 그녀의 힘겨움과 안쓰러움을 시적상상
력을 발휘해, 위 시에서 보듯이, '아이샤도우에 묻어나는 / 눈자위가
고운 나도 / 내 아버지가 / 시례 8반 사람임을 부인하지 못한다 / … /
내 인조 눈썹보다 더 짙은 / 소외당한 사람들의 그것'이라며, 그 고통
을 자신의 아픔으로 고백하듯 풀어내고 있다.
　　이처럼 타인의 고통에 보다 적극적인 시인의 이 같은 태도는 「정임
이」에도 그대로 드러난다.

강변을 달리는 버스 속에서 / 거울을 보면 / 눈물점이 꽃판처럼 번지려 한다

차창을 빗대어 지나가는 / 나무의 그림자 위로 / 손을 잡은 연인들의 뒷모습 (중략)

햇살이 입술 연지처럼 번지고 / 바다가 보이는 고향에선 / 내가 태우는 사람만큼 / 순하게 밀려오는 파도

손수건으로 얼굴을 꼬옥 꼭 찍어 누르면 / 비늘처럼 묻어 나오는 사람들 / 그들의 등살에

종점은 다가오고 / 내 기억을 잠재우는 / 안온한 휴식을 가지고 싶다
　─「정임이」 부분

위 시에 등장하는 '정임이'는 처녀시절 시인이 근무했던 회사의 버스안내양이었다. 시인은 여기선 하루 종일 '달리는 버스 속'에서 '내가 태우는 사람'들에게 시달려, 오로지 간절한 것은 다가오는 '종점'에서 '내 기억을 잠재우는 / 안온한 휴식'만을 고대하는 '정임이'가 되어 그 고통을 함께하는 모습을 진지하고 애틋하게 보여 준다.
이 같이 곱고 감동적인 휴머니티는 시인의 천진난만했던 어린 시절의 낙천적이고 긍정적인 심성에서 연유하는 바가 클 것이다.

철길을 지나고, 송신소를 지나 / 서원 기와가 보이면 / 조개 잡는 사

람 수도 가늠할 수 있다 / 물 위로 얼굴만 내놓고 오리걸음으로 / 소쿠리를 모래 바닥에 찔러 넣어 / 소쿠리를 살살 흔들면 / 밤톨만한 조개가 드러나는 재미에 / 콧등이 익는 줄도 모른다 / 옷은 걸어오면서 말리고 / 평상에 앉은 복자를 위해 / 부엌에 들어가니 평소에 볼 수 없었던 / 나물 반찬에 생선까지 둘이서 후딱 / 먹어 치우고 교회노래를 부르고 놀다 / 복자는 돌아가고, / 딸의 값어치가 돈보다 못한 때라 / 조선소 다니는 오빠 생일상을 먹어 치운 죄로 / 집 밖으로 쫓겨났지만 / 콧등에 껍질이 살살 일어 / 바캉스 다녀온 척 자랑하느라 / 서러운 줄도 몰랐다

　　─「대도」부분

　　위의 시 제목인 '대도'는 울산광역시의 동천강과 태화강이 만나는 하구 모래톱 일대를 말한다. 부근에는 재첩과 바지락이 많이 나던 조개섬이 있는 곳이기도 하다. 시를 보면 친한 친구 '복자'와 만나 동네에서 사뭇 먼 곳이었던 그곳 '대도'까지 조개 잡으러 놀러갔다 왔으니 오죽이나 배가 고팠을까? 그러나 3남 4녀였던 칠남매를 키우는 전형적인 농사꾼 부모님의 처지에서 '조선소 다니는' 큰아들의 존재감은 상상 이상이었을 것이다. 그런 큰아들을 위해 미리 장만해 놓은 생일상을 여섯째인 딸자식이 그것도 제 친구와 느닷없이 몰래 해치웠으니 그야말로 경을 칠 죄인이었을 것이다. 그 결과 '집 밖으로 쫓겨났지만 / 콧등에 껍질이 살살 일어 / 바캉스 다녀온 척 자랑하느라 / 서러운 줄도 몰랐'으니, 유년 시절 시인의 그 천진난만함에 저절로 입가에 미소가 피어오른다.

　　이 같은 철부지였지만 최근 《울산작가》에 발표한 「내 동생」을 보

면, 가족과 동기간의 애정 또한 남다름을 엿볼 수 있다.

버스 정류장에 남자아이가 / 리어카 손잡이에 걸터앉아 있다 / 문
방구 주인이 손을 잡고 / 머리를 쓰다듬자 버스가 들어오고 / 아버지
가 어머니를 업고 내리신다 / 골수염을 앓고 있는 어머니를 태우고 /
난간도 없는 다리를 지나 / 아버지는 어머니를 업고 집으로 들어가신
다 / 곁에 따르던 동생이 얼른 껌을 까서 / 어머니 입에 넣어 주며 / 단
물 나오게 씹어 꼭꼭 씹어…
　　―「내 동생」 부분

위 시는 시인의 바로 아래 남동생이 열 살 되던 무렵의 기억이 중심
소재이다. 형제가 많다보면 늘상 찌지고 볶는 게 일상이지만 이처럼
사랑하는 어머니가 '골수염을 앓고 있는' 상황이 되면 끈끈한 유대로
가족들이 똘똘 뭉칠 수밖에 없는 것이다. 이렇게 따뜻하고 인간다운
분위기 속에서 성장한 시인이었으니 그 흔해빠진 기교 하나 없이도
자신의 시에서 속 깊은 울림을 실현하고 있는지도 모르겠다.
　한 편으로 그 같은 대가족의 생계를 위해 밤낮 없이 농사에만 몰두
해야 했던 아버지에 대한 사랑과 연민 또한 시인은 놓치지 않는다.

묵정 밭 넓은 터 / 개망초 꽃이 피기 시작 하고

감자 꽃 피는 보리밭 언덕 / 새롭게 세워지는 / 통나무집 사이로 /
늦봄의 고단한 빗줄기가 / 넘어 오고 있다.

노오란 고무장화를 / 허벅지까지 올리고 / 삽으로 논둑을 다지는
아버지

　담겨져서 하늘을 비추는 / 찰랑거리는 무논에 / 열 개의 발톱과 / 열
개의 손톱이 빠져 / 싹을 틔우고 있다.
　　─「사월과 오월 사이」부분

　위 시를 보면, 해마다 봄이 온 들녘에 '개망초 꽃', '감자 꽃'이 피기
시작하면 덩달아 쉴 새 없이 바빠지는 농사꾼 '아버지', 그는 '노오란
고무장화' 신고 해종일 '삽으로 논둑을 다지'다 보면 수족의 '열 개의
발톱과 / 열 개의 손톱이 빠져' 달아나버리는 고통조차 달게 감내하는
성스러운 존재였음을 능히 짐작할 수 있겠다.

3
　두 번째로 살펴볼 것은 결혼 이후 가족과 함께 전국을 여행하며 남
다른 아들을 키우는 평범한 어머니와 아내의 모습을 통해 보여주는
시세계이다. 94년 울산문학 21집에 발표된 「땅끝에서」, 「롤러를 신기
며」 등을 보면, 남달리 많이 아픈 큰아들 상흠에 대한 이 시인의 절절
함이 가슴 저 밑바닥에서 저릿저릿 올라옴을 느낄 수 있다.

　우리 땅이 눈물 나게 아름다운 건 그리워할 곳이 있기 때문이다 너
의 땀이 떨어져 1세기 후에야 파도에 휩쓸릴 것 같은 여기 하얀 전망
대가 땅끝이라지만 비바람을 무서워하지 말고 손을 높이 들어보렴 /
저 백두산 천지에서 손나팔로 힘껏 너를 부르는 소리가 들려 온 몸에

맑은 피가 흐르게 될 것이다 / 지금은 너를 키우는 일이 수평선에 가 닿을 만큼 아득해 보이지만, 우리 땅 첫머리에서, 우리 쪽을 마주보는 사람의 수평선 보다야 그 아득함이 짧을 것이다 / 사람이 한없이 너그러워지는 건 모든 것의 끝에서가 아니라 아픈 곳이 있기 때문이다
　　―「땅끝에서」 전문

날마다 날고 기는 정상인들 속에서 자기 세계에만 갇혀 사는 큰아들의 치료를 위하여 김종원, 이숙희 두 시인 부부가 특수언어학교며, 전국의 이름 있는 의료시설마다 물어물어 찾아다니던 시절의 모습을 생각하면 지금도 나는 가슴이 뭉클해 온다. 시를 보면, 아픈 자식을 둔 세상의 어머니라면 다 그러하겠지만, 특히 이 시인은 가족들과 여행간 해남 '땅끝'의 '하얀 전망대' 앞에서 아픈 큰아들에게 이 세상의 '비바람을 무서워하지 말고 손을 높이 들어' 스스로 흘린 '땀'으로 이겨 나가기를 간절히 소망한다. 그리하여 그녀는 '지금은 너를 키우는 일이 수평선에 가 닿을 만큼 아득해 보이지만, 우리 땅 첫머리에서, 우리 쪽을 마주보는 사람의 수평선 보다야 그 아득함이 짧을 것'이라며 서로를 격려하며 용기를 북돋운다. 그 결과 시인은 '아픈 곳이 있'으면 사람들은 누구나 '한없이 너그러워'짐을 몸으로 직접 체득하고 있는 모습을 보인다. 그리고 부군인 김종원 시인 역시 최근 서울사이버대학교 대학원에서 사회복지학을 전공하며 남다른 공부에 몰입하는 걸 보면 둘은 어찌할 수 없는 천생 연분인 것 같다는 생각이 든다.
　자연과 닮은 아이가 / 금강산 시멘트계단에 앉아 있다

　　너가 바라보는 것은 / 아스팔트 위를 구르고 구르는 / 바퀴인지도

모르고

보도블록의 끝없는 / 마름모 인지도 모른다

그러나 / 무릎을 꿇고 열 개의 손가락으로 / 신발끈을 힘주어 조여
대는 / 여자의 눈은

금강산 줄기를 타고 앉은 북쪽 마을에 / 흙을 담았다 부어대는 반복
의 / 좌절 속에서 / 보석을 찾아내는 한 여자를 만난다

그래 / 너도 무엇으로든 통하게 하리라 / 너가 등지고 앉은 자연 속
으로 / 인간 속으로 / 너를 통하게 하리라
— 「롤러를 신기며」 전문

위 시를 보면, 아무 말 없이 자기 세계에만 갇혀 사는 큰아이의 발
에 드넓은 이 세상을 맘껏 달릴 수 있는 롤러를 신기기 위해 '무릎을
꿇고 열 개의 손가락으로 / 신발끈을 힘주어 조여주는 시인의 간절한
내면이 드러난다. 사람들이 보석 하나를 얻기 위해서도 지루하고 힘
겨운 실패와 '좌절'을 무수히 반복하는데, 눈에 넣어도 아프지 않을 자
식일임에 무슨 짓인들 못하겠는가? 그리하여 이 땅의 가장 평범한 어
머니인 시인은 마침내 '무엇으로든 통하게 하리라 / 너가 등지고 앉은
자연 속으로 / 인간 속으로 / 너를 통하게 하'겠다는 그 가열하고 절절
한 심정의 토로 앞에 절로 고개가 숙여진다.
이 같은 애틋함은 가족의 한 사람인 남편을 향해서는 이해와 배려

가 잔뜩 실린 연민의 시선으로 나타난다.

담양에서 순창으로 가는 가로수 길을 보셨나요 / 가끔은 홀로이고
싶어 하는 당신을 / 한 인간으로 이곳에 놓아 드립니다 / 풀을 밟고 서
서 담배 한 개피로 / 새마을이나 솔담배의 향수에 젖어 들면 / 기름을
발라 두드린 듯한 논둑으로 / 바람은 장난삼아 무논에 파문을 일으키
며 / 가장 아름다운 들판을 보여 주겠지요 / 당신도 준비하십시오. /
강 하류의 모래더미처럼 의미 없는 지층을 / 이루고 살기에는 / 참아
내고 있는 일상의 무게가 / 너무 무겁습니다 / 세상의 시인들이 나무
의 자리에 줄지어 서서 / 하늘을 덮고 빛을 걸러 내고 있는 / 저 숭고
한 길로 / 당신도 보내 드리고 싶습니다
　　 ―「담양에서 순창으로」 부분

위 시는 99년에 창간된 《울산작가》에 실린 작품이다. 시를 보면, 시
인의 가족들이 전라남도 '담양에서 순창으로' 넘어가는 24호선 국도
변의 메타세쿼이어 가로수 길을 지나면서 느낀, 남편을 향한 진실한
아내의 속마음을 짚어볼 수 있다. 평소 부군인 김종원 시인이 안온하
고 따뜻한 네 식구의 삶을 지키고 유지하기 위해 힘든 회사 생활에 매
진하는 모습을 보였을 것이다. 그것을 가까이서 지켜본 아내인 시인
의 눈에 비친 남편이 '참아 내고 있는 일상의 무게가 / 너무 무겁'다는
것을 잘 알기에, 더구나 늘어선 메타세쿼이어의 가지런한 모습에서
'세상의 시인들이 나무의 자리에 줄지어 서서 / 하늘을 덮고 빛을 걸
러 내고 있는 / 저 숭고한' 모습을 투영해내고는 시인인 남편이 '일상
의 무게'에 발목 잡혀 시인으로서의 자신의 '길'을 뚜벅뚜벅 걸어가고

있지 못하는 현실적 상황에 짙은 연민을 보이고 있는 것이다.

이처럼 사랑하는 남편을 향한 애틋한 연민은 아래「家長」을 보면 더욱 실감할 수 있다.

> 오늘은 여기까지만 걷는다 / 되돌아오는 길에 / 자신에게 묻는다 / 톱질이 쉬운 나무로 살아서 / 쓸모없는 불땀만 / 공중에 날리고 있지는 않는가 / 생활은 날아다니는 바람과 / 친하지 말아야 한다 / 아래로 아래로 쳐져서 / 숯덩이처럼 / 끝까지 남아야 한다 / 그래서 생계는 위대하다
> —「家長」 전문

시를 보면, 시인은 늘 그래왔던 것처럼 '家長'인 남편의 자리에 자기 자신을 세워놓고 '자신에게 묻는다'. '톱질이 쉬운 나무로 살아서 / 쓸모없는 불땀만 / 공중에 날리고 있지는 않는가' 즉, 몽롱하게 현실성 없는 꿈꾸는 삶을 살고 있지는 않는가를 되살핀다는 것이다. 그 결과 실생활에 진짜 보탬이 되는 불이 될 수 있는, 한 덩어리 '숯덩이처럼' 살아 '끝까지 남아'서 '생계'를 잇는 그래서 그런 '家長'이 되어주는 남편이 참으로 '위대하다'는 것이다. 이처럼 가장에 대한 굳건한 신뢰와 연민은 그들 가족 간의 끈끈한 유대를 더욱 강하게 엮어주는 요소이기도 하다.

이 같은 따사로운 유대의 첫 발화점은 이번의 시집에는 들어있지 않지만, 88년 1월 울산신용협동조합 3층에서 있었던《신시대의 시》동인 '신년시 낭송회' 자리에 초대된 이 시인이 낭송한「고리」를 보면 손쉽게 짐작할 수 있다.

을축년 정월 그믐날 / 햇살의 마을 어귀에서 / 해독하지 못할 지도를 말아 쥐고 / 그대는 내게로 왔다

창가의 나무 의자를 당겨 / 지도를 펴 보이면 / 무수한 선으로 이어진 너와의 인연

전생에 우리는 새장에 갇혀 살던 / 금슬 좋은 잉꼬새였던가 / 세상으로부터 수없이 꺾이기만 하는 / 엄지의 사선을 보며 / 그대와 내가 하는 생각이었다

지금 우리는 어떤 교신을 받고 있는가 / 비밀스런 지도 가운데 / 길잡이처럼 박혀 있는 검은 점

아 우리는 / 청실 홍실로 묶여져 있지 못함을 아쉬워 하는구나 / 절실히 나타나는 그대의 눈물 점을 보며 / 내가 내린 회답이었다
— 「고리」 부분[3]

시를 보면 둘의 본격적인 인연은 '을축년' 곧 1985년 정월 무렵 전후였음을 짐작할 수 있겠다. 그 시절 연인들이 흔히 그랬듯이 둘 또한 '세상으로부터 수없이 꺾이기만 하는' 서로의 손금을 확인하고는, '전생에 우리는 새장에 갇혀 살던 / 금슬 좋은 잉꼬새'였다며 그렇게 둘만의 순결한 사랑을 살뜰히 키워가서 오늘에 이른 것이리라.

---

3) 이숙희, 《신시대의 詩》(시동인 신시대의 시, 1988년, 제1집), pp.125~126.

4

끝으로는 생활도자기의 세계와 시작을 병행하는 억척 예인의 길을 가며 일상생활 주변에서 깨달음을 얻는 최근의 시세계이다.

인생은 아무것 아닐 때도 서럽다. / 일하고 돌아오는 저녁 시간 / 아들의 칫솔질 소리가 / 가슴을 서늘하게 한다. / 좁은 방. / 오늘은 무슨 힘든 일이 있어 / 눈물을 씻어 내고 있는지. / 서로 감추고, 침묵하는 일이 / 불행은 아닐 것이다. / 너는 눈물을 감추며 견디고 / 모른 척 TV 소리를 죽이며 / 신경을 모우고 있는 안방에서 / 견디며 살아가는 법을 / 일러주고 있다.
　―「아들 · 1」 전문

위 시는 최근 《울산작가》에 발표된 신작인데, 한때 아들 곁에만 맴돌던 시인의 시선이 '일하고 돌아오는 저녁 시간'에서 짐작할 수 있듯이 보다 넓은 세계에 아들을 내려놓는 연습을 하고 있음을 직감할 수 있다. 시를 보면, 큰아들은 무슨 일 때문인지 흘린 '눈물을 감추며 견디고', 화자인 어머니는 그걸 '모른 척 TV 소리를 죽이며 / 신경을 모우고 있는 안방에서' 험난하지만 살아볼 만한 세상을 '견디며 살아가는 법'을 아픈 아들에게 '침묵'으로 '일러주고 있'는 것이다.

이제 시인의 따뜻한 관심은 아들과 가족에게서 점차 이웃으로, 주위의 식물과 동물에게로까지 확대되는 양상이다. 아래 시도 최근 작품인데, 내용을 보면 시인의 시야가 많이 넓어졌음을 확인할 수 있다.

쌍벚꽃이 봉숭아 꽃잎을 절구에 찧어 / 놓은 것처럼 떨어져 있는 날

이 / 올해는 오월 일일이다 / 나는 동리 목월 문학관 뒷길에서 / 스물
여섯의 아들 바지를 내리고 오줌을 / 뉘이고 있다 / 이렇게 변할 젊은
연인은 / 드라이브 도중 사랑싸움이 일어났는지 / 남자는 담배를 피우
고 있고 / 여자는 눈물을 훔치고 있다 / 사랑은 찢어도 꽃물이 흐르는
/ 봄과 같으니 / 스물여섯 아들 오줌을 / 스스럼없이 뉘일 수 있는 엄
마가 되어도 / 사랑은 끔찍이 좋다 / 봄이, 꽃이 그렇게 해마다 오듯이
/ 사랑은 언제나 새것과 같다
　　－「봄에 함께 오는」 전문

　아픈 큰아들은 이제 '스물여섯'이나 되었지만 여전히 어머니가 나
서서 '아들 바지를 내리고 오줌을 / 뉘'어야 할 만큼 아프다. 그래도 시
인은 이제 그런 상황에 매몰되지 않고, '꽃이 그렇게 해마다 오듯이'
뭇 청춘들이 앓는 '사랑'의 아름다움에도 시선을 보내며 결코 놓치지
않는 여유를 체득한 연륜에 이르렀음을 발견할 수 있다.

　　건널목, 세상의 어떤 이유도 / 통하지 않는 멈춤 앞에서 / 무궁화 꽃
의 기도를 듣는다

　　고요함 후에 / 뿌리가 흔들려서 / 떨어지기 전에 / 그것을 확인하고
싶다 // 인간도 신이 될 수 있다

　　낫을 들고 무궁화나무를 / 뒤덮고 있는 칡 줄기를 / 토막 내서 걷어
낸다
　　－「멈춘 이유」 전문

쇠사슬처럼 거친 '칡 줄기'에 고사 직전까지 내몰린 '무궁화 꽃의 기도'를 눈으로 들은 시인은 하던 일을 멈추고는 그 즉시 '낫을 들고 무궁화나무를 / 뒤덮고 있는 칡 줄기를 / 토막 내서 걷어' 버린다. 이처럼 시골에 살면서 오지랖이 무척 넓어진 시인은 더구나 자식을 키우는 어머니다 보니, 천상 약자의 편일 수밖에 없는 것이다.

시인의 이 같은 시골생활의 또 다른 재미는 흙을 맘껏 주무르는 생활도자기를 빚는 자신만의 공간과 시간이었을 것이다. 문득 생활도자기에 얽힌 에피소드 하나가 떠오른다. 어느 날인가부터 나의 아내가 열대어 구피들을 데려와 애지중지 돌본지가 한 십 년은 된 듯하다. 그 예쁜 구피들이 한 번은 사파이어 알갱이 같은 새끼들을 낳는 기적을 일으켜 아내는 몇 날이고 어항 곁을 떠날 줄을 몰랐었다. 그러던 어느 날 아침, 그 많던 새끼들이 두세 마리만 남고 사라지는 귀신 곡할 사태가 발생하고 말았다. 알고 보니 황당하게도 그 어미의 짓이었다. 그 즉시 허둥지둥 살아남은 새끼들을, 눈에 마침 들어온 아가리 넓고 비어 있는 도자기에 물을 채워 피난처로 쓰기 시작했는데 그 도자기는 볼수록 안성맞춤이었다. 사태가 어느 정도 수습된 뒤에 보니 그 어항은 이숙희 시인이 화봉동 한우리 아파트 살 때 집에서 처음으로 흙으로 빚은 생활도자기 전시회를 하던 날 얻어온 작품이었음을 깨닫게 되었다. 이 시인이야 어떻게 생각하는지 모르지만 그 덕택에 우리 집 구피 새끼들은 지금도 그 혜택을 톡톡히 누리고 산다.

그러고 보니 이 시인이 생활도자기를 빚고 자신의 집에서 매년 전시회를 열어온 지도 어언 십년 가까이 된 듯하다. 엄마의 손이 늘상 절대적으로 필요한 큰아들 곁에서 할 수 있는 흙 작업은 엄마이지만 동시에 한 사람의 성숙한 인간이요 예술인으로 살아가며 가치 있는

뭔가를 추구하고 있음을 증거 해 주는 듯해서 더욱 몰입하는 것 같다
는 말을 최근에 시인으로부터 들은 듯도 싶다.

저녁에 작업실에 올라오면 / 소장이 열린 날을 알 수 있다 / 짐승도
새끼를 보내면 / 일주일을 목 놓아 운다 / 앞집 축사에서 움직이지 못
하고 / 목만 길게 뽑은 채 / 돌아오라 돌아오라 / 자식을 부르는 어미
소의 통곡을 / 동네 개들도 조용히 듣고 있다 / 오늘은 내 마음도 너와
같다 / 흙을 자르는 줄칼도 조심스러워 / 라디오만 듣고 내려온다
　― 「소가 운다」 전문

위 시는 지금의 신도시 택지에 집을 짓기 얼마 전까지 이 시인 가
족들이 옮겨가 살던, 전형적인 농촌인 경주 불국사역 부근의 집에 살
면서 지은 작품이다. 흙 작업을 하려고 간 '작업실' 주변인 '앞집 축사'
의 '어미 소'가, '소장'에 팔려가 버린 '새끼' 때문에 '일주일을 목 놓아'
울자, 그 '통곡'소리를 '동네 개들도 조용히 듣고 있'고, 두 아들의 어머
니인 시인 또한 '오늘은 내 마음도 너와 같다'며 함께 마음 아파하다가
'흙을 자르는 줄칼' 소리에도 애가 쓰여 결국 흙 작업을 포기하고 '라
디오만 듣고 내려오'는 것을 보면 시인의 애정 어린 시선이 가족과 이
웃을 넘어서서 짐승이며 자연으로까지 넓어지고 있음을 다시 한 번
확인할 수 있다.

사람들이 살아 간다를 말할 때 / 인간 외에 모든 것은 배제 된다 /
양은그릇에 먹다 남은 / 비스켓을 두고 / 외출해서 돌아와 보니 / 개미
떼가 그릇을 덮고 있다 / 끔찍함이 자식 등판을 / 빨고 있는 거머리 떼

를 / 보는 것 같다 / 천도쯤 끓인 물을 양은그릇에 / 핵폭탄 터트리듯 /
투하하고 / 온몸을 타고 오르는 / 스멀거림 때문에 / 수천의 생명을 죽
이고 / 공포감에 살았다 / 옥수수밭 촌집의 낭만은 / 죽임도 태연해야
살 수 있다
　—「옥수수밭 옆집」 전문

이 시는 위의 「소가 운다」와 같은 시기의 작품이다. 흔히 사람들은
시골에서의 삶을 포근하고 아름다운 전원에서 풀꽃처럼 고요하고 풋
풋하게 잠들고 깨는 낭만으로만 느끼는 경향이 있다. 그러나 시를 보
면, '옥수수밭 촌집의 낭만은 / 죽임도 태연해야' 얻을 수 있는 냉정한
현실이었으며, 그 생활은 지극히 인간 중심적으로 흘러감을 시인은
몸으로 체득하고 있는 것이다.

　나에게 마당이 생겼다 / 세상의 모든 좋은 것들은 내 마당 안으로
들여 놓고 싶었다 / 강둑에 피어 있는 구절초, 논둑에 농부의 눈을 쉬
게 하는 황국 / 빈 집터에 핀 쑥부쟁이, 누구도 무어라 말하지 않았다 /
돌 틈에 심고 해당화와 상사화 사이에도 심었다 / 들에서 억척스럽게
피던 꽃들이 울타리 안으로 들어 온 / 것이다 여름철 소나기가 한 차
례 지나갈 때마다 / 꽃이 어린 감나무보다 석류보다 커 버렸다 해당화
꽃도 / 삼키고 상사화는 싹마저 삼켜 버려 시퍼런 마당이 / 무서운 잡
초 밭으로 변하고 있었다 비 오는 날 구절초도 / 뽑고, 황국도 뽑고, 쑥
부쟁이도 뽑아 마당 밖으로 / 퍽퍽 던져 버렸다 / 가을이다 울타리 밖
으로 퍽퍽 던져 놓은 꽃들이 / 꽃을 피우고 있다 울타리처럼, 가로수
처럼, 하고 싶은 / 되로 피고 지고 있다. 꽃이 지면 가지도 말라 / 함께
뿌리로 돌아간다 내가 인간의 근본을 / 찾는 길이기도 하다

―「마당에 욕심을 버리다」 부분

최근에 시인은 울산광역시 중구 우정혁신도시 안의 택지에 어렵사리 주택을 짓고 마음대로 가꿀 수 있는 '마당'도 갖게 되면서 뜻하지 않은 깨달음을 얻고 있는 모습이다. 주택 생활은 위의「옥수수밭 옆집」에서와 같은 연장선상에 있으므로 지극히 인간 중심으로 흘러갈 수밖에 없는데, 그것을 미처 인지하지 못하고 단순히 '마당'을 아름답게 꾸며보려는 욕심에 들판의 생명들인 '구절초', '황국', '쑥부쟁이' 등을 무턱대고 옮겨 심었다가, 오히려 시인이 아끼던 '해당화', '상사화'들마저 끈질긴 그들의 생명력에 먹히어 '마당이 / 무서운 잡초 밭으로 변하'자 그들을 모두 인정사정 보지 않고 '마당 밖으로' 내쫓아 버린 것이다. 그런데 '가을'이 되자, 뜻밖에도 밖으로 떠밀려 삶의 터전조차 통째로 빼앗겨버린 그들이 아무런 불평 없이 아름다운 '꽃을 피'운 것이다. 그리고 그들이 제 명을 다하고 스스로 시들자 시인이 애써 가꾸던 '가지도 말라 / 함께 뿌리로 돌아'가는 자연의 순리를 목격한다. 시인이 징글징글한 '잡초'로 치부하고 자신의 '마당'에서 함부로 몰아낸 그 들꽃들은 아이러니컬하게도 오히려 그런 시인에게 '인간의 근본을 / 찾는 길'을 넌지시 깨닫게 하고 있었던 것이다.

운주사 석불님은 모여 계신다 / 감실에 존엄하게 정좌하고 계시는 분보다 / 봄놀이 갔다 돌아오다 비를 피해 넓적바위 / 아래 조곤조곤 수다 한판 벌리고 있다 / 어느 석불님은 코도 쥐 버리고 / 어느 석불님은 귀를 쥐 버린 사연을 / 듣다 보면 저절로 치마를 걷어 올리고 / 눈물을 닦게 된다 / 봄놀이 가서 수건돌리기에 노래 한 소절이 / 아니라

149

중생들 하소연이 가슴 아파 / 후벼 파고 잘라낸 몸을 서로 서로 / 기대
고 서 있다 / 그 앞에 중생이 줄 것은 단 하나 / 담쟁이 넝쿨로 봄바람
을 막아 줄 뿐이다
　　—「석불」 전문

시를 보면, 이제 시인의 시선은 이웃에 대한 이타의 극치인 헌신과
희생을 몸으로 직접 실현하고 있는 '운주사 석불님'으로까지 확대되
고 있다. 그 '석불님'들은 '중생들 하소연이 가슴 아파' 자기 몸뚱이의
일부인 '코도 줘 버리고' '귀'마저 내어줬지만 화자는 그런 그들의 지극
히 성스런 모습 앞에서 마음으로 동참하는 '눈물'을 흘리거나, 기껏해
야 '담쟁이 넝쿨로 봄바람을 막아 줄 뿐'이다. 그래도 그것은 비록 작
고 보잘 것 없는 행위지만 이웃을 향한 따뜻한 이해와 배려요 실천하
는 보살행의 첫걸음인 셈이다.

5
이상에서 살펴본 것처럼 시인 이숙희의 작품세계는 유년의 기억을
통해 소박하고 인간적인 정리에 대한 노래에서, 남편과 아들 등의 가
족을 향한 질박하고 헌신적인 애정의 세계를 보이다가, 최근에는 가
족과 사람을 넘어선 소 등 이웃에 대한 이해와 사랑으로까지 그 관심
의 폭이 점차 증폭되고 확산됨을 확인할 수 있었다.
주어진 자기 삶에 대한 진지하고 진솔한 시작 태도는 그 어떤 시적
가치나 기교적 아름다움보다 앞선다는 내 믿음이 이번 시인 이숙희
의 처녀시집 『옥수수밭 옆집』을 통해 다시 한 번 확인해 볼 수 있는
계기가 되었다. 다만, 사족인 줄은 알지만 같은 길을 가는 동료로서

내 개인적인 욕심을 조금 내비친다면 시인이 가진 앞서의 미덕을 더욱 잘 살리기 위해서는 시상을 좀더 압축해 보는 것도 고려해 보는 것이 어떨까 싶다. 그러면 시인 이숙희의 작품세계가 지금보다 더욱 웅숭깊은 맛을 낼 수 있지 않을까? ◑

시와소금 시인선 · 037

옥수수밭 옆집

ⓒ이숙희, 2015, printed in Seoul, Korea

....

1판 1쇄 발행 2015년 10월 25일
지은이 이숙희
펴낸이 임세한
디자인 유재미 정지은
펴낸곳 시와소금
등록번호 제424호
등록일자 2014년 1월 28일
발행 강원도 춘천시 충혼길20번길 4, 1층
편집 서울시 송파구 백제고분로45길 15, 302호(홍주빌딩)
전화 (02)766-1195, 010-5211-1195
이메일 sisogum@hanmail.net

....

ISBN 979-11-86550-09-0 03810

값 9,000원